KB122742

눈꽃 먹는 고양이

눈꽃 먹는 고양이

최미림 시집

개미

　전문예술단체 〈장애인인식개선오늘〉의 장애인 창작활동지원 프로그램을 통해 장애인의 문화콘텐츠 제작을 위한 창조적 문화예술 활동을 이어오는 동안 성장하고 인정받은 것은 장애인 어느 한 개인의 역량만으로 가능한 것이 아니었습니다.

　더불어 장애인 문화예술 활동을 활성화하기 위해서는 장애인의 문화적 욕구와 권리에 대한 국가적 차원에서의 지원과 배려가 반드시 필요하다고 생각합니다. 문화예술의 평생교육과 지금까지 장애인 문화예술 활동에 대한 배려가 없었던 것은 아니었지만 비장애인에 대한 지원과 배려에 비해서는 미미한 수준이 사실입니다.

　장애인의 '문화적 권리'가 '적극적 권리'로 규정된 것에 비해 장애인의 경제적 조건은 여기서 말하는 개인의 경제적 조건이 아닌 인간의 가장 기본적인 권리 즉, 이동

권과 문화향유에 대한 시민적 권리를 말하는 '인권적 측면'을 지칭하는 것입니다.

　장애인의 문화예술은 〈장애인 공교육 프로그램 개발 및 활동〉과 '참여할 수 있는 기회를 보장'해야 하며, 그러한 후에 비로소 '직업재활'과 '경제활동' 등을 할 수 있는 생산적 문화복지의 틀을 완성할 수 있습니다.

　전문예술단체 〈장애인인식개선오늘〉의 올해의 성과라면 한남대학교 멀티미디어학과와 함께 캡스톤 디자인을 통한 콘텐츠 제작이었습니다. 그동안 2014년~2019년 현재 세종도서문학나눔에 선정된 '장애인 작가들'의 배출과 2018년~2019년 현재 대한민국장애인문화예술대상에 심사 참여 및 문학부문 대상(문광부장관상과 국무총리상 등)을 배출하여 대전광역시가 장애인문학의 산실임을 성과와 작품성을 통해 확인하였습니다.

　곧 〈장애인문학〉의 대중화를 이끌어 간 최초의 사례가 된 것입니다. 즉 장애인 문화예술교육 활동의 기회제공, 이들의 작품성으로 인한 대중적 접근성을 신장하였고 문화예술계 전반에 참여할 수 있는 전반의 역량 강화에 이바지한 것입니다.

  또한 이와 같은 사회 참여 과정은 장애인이 작가와 독자가 되어 보다 풍요로운 삶을 영위할 것이며 동시에 사회통합과 공동체 사회의 이념을 다듬어 나가는 초석이 될 것입니다.

  이번 장애인 창작집 발간지원 사업에 선정된 장애인 작가들은 작품집과 대중성을 확보하고 〈장애인문학〉을 통해 보다 적극적인 문화적 권리 함양에 이바지함은 물론 이러한 콘텐츠를 통하여 '일자리 창출'의 기회를 삼아 '생산성 있는 문화복지'의 주인이 되길 바라는 마음 간절합니다.

  끝으로 대전광역시의회 그리고 대전광역시와 대전문화재단 관계자 분들께도 깊은 감사를 드립니다.

2019년 12월
전문예술단체 〈장애인인식개오늘〉
대표 박재홍

　처음으로 내는 개인
시집에 선정되어 무척
기쁩니다. 나를 지켜준
가족들에게 감사를 드
립니다. 더 열심히 쓰라
는 걸로 알고 앞으로 더
욱더 정진하겠습니다.

2019년 12월
최미림

눈꽃 먹는 고양이
차례

2부

1부

첫눈

아무도 없는 시설 속 어느 오후에 음악을 듣다가
무심코 시선을 준 창가에

바람소리보다 먼저 눈길 위에
내려앉은 소담스런 눈이
꽃멍울을 틔워 향이 오는데
아득했었지 참은 눈물을 삼키는
것 같았지

피터팬 신드롬

언제부턴가 맑은 세상이 먹물처럼
어둡게 우는 모습을 보고

고양이처럼 다가온 아이가 살금살금
다가와 무거운 주전자를 들고
새빨간 사랑의 향기를
살며시 뿌리면서
귀여운 미소로 인사하네요.

다시
일어날 수 있게 해 달라고

殘像(잔상)

새벽부터 누가 창가를 두드리네

점점 크게 들리는 소리에

잠이 덜 깬 눈으로
창가로 갔더니

아무도 보이지 않고 예쁘게 핀 꽃 한 송이
꽃이 있었네

혹시 내가 보고 싶어도 차마
날 볼 자신이 없어

나 왔다 갔다고 부끄러운
흔적을 남기고 갔나보네

DAY MOON

멀리서 보이는 환한 문

볼수록
열면 누가 있을까?

궁금함 속에
문을 살며시 열고 보니

파란 하늘 아래서
자유롭게 날아가면서

파도가 월광을 연주하는
백조의 모습으로 보였네

해피마미

비가 오듯
고드름이 되어 버린 땀으로

하루도
빠짐없이

어떠한 음식을
해줄까?

즐거운 마음으로
고민하여 만든 음식을
내어놓고 싶어도

몸이 굳어 버린 나는
잠자는 숲속의 공주처럼
매일 해피마미를
꿈꾸네

낭랑 30세

꽃 다운 나이라고는 하는데

하얀
웨딩 드레스를 입어 보아도

언제나 머리카락은
꼽슬꼽슬 꼬는 아주머니의 파마로 살아가지만
몸은 S라인이라서

어떠한 보석을 하여도
멋진 라면이다

그저

혼자 휠체어를 충전해 길을 나서 보아도
문득 쓸쓸함만 눈가에는
오로지 눈물샘이
차올라 흘러서

앞이 점점 흐려지네
그저 말 한마디 때문에
그랬는데

왜 그리 무심하게 저를 버렸나요?

척

보아도 못 본 척했습니다 마당에 나무가
뼈를 부딪치며 고고성을 질러도

들어도 못 들은 척
아파도 안 아픈 척

화나도
화 안 내는 척
사랑해도
사랑 하지 않는 척

표현하지 못하는
소심한 나무로 휠체어에 앉아 있는데
그 사람 자꾸만 어른거립니다

두근두근 첫사랑

꽃잎마다 수줍게 입맞춤을 하는 빗방울이
고양이 눈처럼 애기사과 꼭지에 매달린
보석이 되었습니다

아마도 빗방울의 사랑 표현법은
쑥스러워서 말로 못하는 마음을
애기사과에게 매달리고 있나 봅니다

나무의 마음

맛있는 풀 향기가 나는 넓은 공원

큰 나무가 하늘만 바라본다.

언제부터 나무에게 아무도 오지 않아서

나무의 잎이 말라서 시들고 있었다.

왜 나에게는 아무도 오지 않을까?

고민 중에 나무는 답을 얻었다.

사람이 와도 편하게 쉴 수 없게

웃어 주지 않아 나에게 오지 않는구나

그 후 나무는 사람이 오기 전에

먼저 웃으니까 시들었던 잎도 예쁜 꽃이 되었다.

활짝 핀 꽃을 보러 온 사람들에게 나무도

자연스럽게 미소로 인사를 건네 본다

2부

No 1

언제 들어도 기분 좋게 하는 소리가 있지
비싼 돈을 주어도 살 수 없는 힘들 때나
외로울 때 들으면 위로가 되어 더듬는 소리

멀리 있어도 하루 종일 생각나는 시간이 지나도
변치 않고 내 이름을 부르는 소리

떠올리지 않네

창가에서 들리는 저 슬픈 빗소리

누가 하늘을 아프게 하는지
궁금하여도
물어볼 수 없다는 게

사실 더욱 더 마음을 찢어지게 하는데

너무나도 보고 싶은 추억이
떠올리지 않았다는 게

하늘가에 눈물만 고이게 하여서
달무리를 만드네

안녕

달콤한 햇살 따라 봄소풍을

아장아장 춤을 추는
알록달록한 꽃나무

안녕하며 오늘도 나에게

맛있는 꽃향기와
화려한 열매를
얻을 수 있게 되어

내 마음까지 의기양양

그대와 TEA 타임

비가 오는 창가를 바라보며 나 홀로 차를 마시네

천천히 향과 맛은 동공을 열며
다가오는 사람 있다

마주해 차를 마시고 있을까?

시원하게 내리는 비에 채색된
풍경을 보며

고양이처럼 카푸치노향이
묻어나는 당신을 향해 웃는다

동행

화사한 꽃이 핀 푸른 언덕에

한 발자국씩 마음을 맞추어

산책하러 온 애교둥이 사슴 한 쌍

서로서로 사랑을 속삭이며

맑은 공기와 물은 달빛에 드러난
숲의 그늘 속으로
숨는다

빨래집게

해가 활짝 뜨는 날은
당신의 포근함이

느껴지는 옷을 입고
하루를 보내요.

당신의 따뜻한
손길이

자꾸만 생각나게
하는 빨래를 보면

당신의 향기가
더욱 그리워지네요.

배달하는 자전거

나의 잠을 깨우는 아기 참새

오늘은 어떤 이에게
촉촉한 꽃소리를 배달하나?

알록달록 예쁜 꽃향기와 함께
맛있는 아침 공기를 마시는 중에

룰루라라 노래 들으며
꽃바구니를 갖고 다니는

꽃분을 바르고 세레나데를 배달하는
심쿵쟁이 장난꾸러기

궁금증

저 아담한 섬에는

누가
살고 있을까?

무지갯빛이
비추는 바다로

헤엄쳐서
간다면

그리운 사람을
볼 수 있을까?

정말 정말로
보고 싶은데

세상 한가운데

고요한 밤이 올 때면

유난히 크게 들리는 노래

오늘 하루도
잘 지냈나고

파도가 살며시 안부를 묻네

케이크 앞에서

뜨겁게 점등되는 순간 촛불 보며

무슨 소원을 빌까
생각하여도

가장 먼저 떠올리는 건
부모님의 포근한
얼굴이다

3부

그대 코에다

잘생긴 고양이가 되어
바람 따라 몸을 얹고

보호색을 한 옷을
곱게 차려입고

천천히 꽃향기로
그대 코에다

살며시 프렌치 키스를 하죠

소금 좀

밤새
달콤한 잠을 자다가

왠지 뜨끈한 느낌에
이불을 보니

에구머니야
오래간만에 큰 지도를

그리고 말았네
어쩌지?

엄마가 아침에
영희네 집으로

소금 받아 오라고 하면
정말 안되는 일인데

영원한 꽃

하루 종일 고개를 들지 못해도

이쁜 두 손에 주름이 생겨도

자기 자신보다 아기 천사를 사랑하는

당신은 언제나 변하지 않는 꽃입니다

단풍머리

새빨간 딸기처럼 염색을 한 단풍

어떤 나무에 매달려 있다면

그 누군가 나한테 이쁘다고 속삭일까?

우리집 장독대

매일 마당에서 놀다가도
눈에 보이는 저 고급스러운 장독대

오늘따라 유일하게 궁금한 것은
그 안에 무엇이 있을까?

궁금함 속에 집 주위를
돌아보고 이때다 하며

살금살금 장독대 위로
올라갔더니

어머나 이게 웬일이야 내가 좋아하는 사료네

눈 떴네

더운 여름에 태어난 너

엄마의 사랑의 맘마를 먹으니

조금씩 기운이 나서 작은 눈으로

세상을 바라보면 아름다운 것만

보고 여행을 할 수 있는
네가 되게

열까

방에서 온종일 너랑 대화하다가도

밤이 되면 저 방문을 열고 나가면 어두워진 하늘을

밝게 비추는 별들이 왔을까?

기대하며 어김없이 문 앞에서 니가

올 때까지 기다려 본다.

연필이 아니라서

지우기 싫어 내 마음에 매직으로 정성스럽게 써 놓고 간직했던 이름 하나

슬슬 지우개로 지워도 연필이 아니라서 지울 수 없어 가만가만 기다려 본다

결국 검정 매직으로 보이지 않을 만큼 한없이 칠해 버린 눈물

약속 지켜 줄 거지?

여전히 찬바람이 불어 오는 겨울 오후에

달콤한 차 한잔 마시면서 너한테 문자 한 통을 보내

"우리 약속 하나 할까?"

"그 약속이 뭔데?"

"만약 내가 너의 옆에 없더라도 밥도 잘 먹고

밤마다 잠도 잘 자고 날이 추우면 따뜻하게 입고

아프지 말고 항상 웃고 잘 지낼 수 있지?"

"응… 저런 약속을 지킬 수 있는데 근데 너 어디 가려
고?"

"아… 아니 그니까 만약에 라고 했잖아"

"그럼 앞으로도 내 곁에만 있어 주기로

나랑 약속해 줄래?"

사랑둥이

하얀 접시에 놓아진 하트가 아무리 작다해도 이보다
더 좋은 건 없겠지?

하루를 사랑이 없다면 왠지 어색한거 같아서

오늘도 그대의 심장을
꾹 찔러봅니다

사랑해요

4부

포근한 봄 시간

언제 추운 바람이 갔는지 소리 없이 봄 햇살이

내 마음을 두드리며 반갑게 인사하네.

추운 날로 인해 겨울잠 자던 꽃들이

너도나도 할 수 없이 저마다 꽃이 피네

곳곳마다 핀 꽃들을 보고 천천히 걸어보면서

또다시 핀 꽃들처럼 나의 꿈이 피어나는거 같은데?

시간이 갈수록 아름답게 피는 꽃처럼

간절하게 꿈꾸던 나의 꿈들도 시간이 갈수록
만개할 수 있을까?

춤추는 벚꽃

저기 그대를 보고 인사하는 벚꽃

아침 봄 햇살 따라
춤을 추네

오늘 하루도 아름다운 향기로 노래하는 벚꽃

한 잎 한 잎씩 곱게 날아다녀서
그대 손을 간지럼을 피네

솔솔 춤을 추는 벚꽃 따라
그대도 덩달아 춤을 춘다

너란 여행

햇살이 웃는 날

어디론가 떠나기를 위해

가장 튼튼한 자동차에 의지하네

고운 꽃바람과 여유를 가지며

마음이 가는대로 가보니

그곳 도착지가
바로
너의 감동 속이네

11월 햇살

창문으로 바라본 햇살이 왠지 따뜻하네

바람은 무지 차가워서 입김이 나지만

아직 떨어지지 않은 춤추는 낙엽 인사로

방안에 홀로 누워서 벽에 걸린 달력을 보니

어느새 다가올 12월엔 무슨 일들이 열릴까?

설렘으로 널 기다리며 이 하루를 또 보낸다

밤길

때론
덥지도 춥지도 않는

나 홀로
걸어 보아도

왠지
밤 공기 따라가면

네가 날 기다리지
않을까 하는 생각에

오늘밤도 설렘 하나로
길을 걷고 싶었지

너의 앞

살며시 귀를 기울여 보니 어디서 들리는 노랫소리인
가?

궁금함에 저 소리 따라 한 걸음 길을 가보니

파도가 널 보고싶어서 빨리 오라고 못 참겠다고

첨벙첨벙 피아노 소리를 내는데 연주에 맞추어 노래로

흥얼거리며 널 애틋하게 부르네

퍼즐 한 조각

바람이 시원한 가을 초에 내 마음이 조각나 버렸다

커다란 퍼즐, 끼우지 않은 조각들

조심히 다시 빼서 제대로
맞추며 살아간다면

언젠간 고운 풍경이 나온 퍼즐로
완성되기를 원하며 오늘도 어떤 조각을
끼우며 밤을 이룰까 매일 행복한 고민을 하며

그와 사랑하는 만큼 완성을 하도록

여전히 끼우며 잠들고 싶구나

또 새롭게

항상 올라가는 계단을 지금 다시 내려와

그동안 품었던 무거운 짐들을 팍 놓은 채

가벼워진 마음에다 또 색다른 것을

차곡 채운 여행 가방을 싸는 것과 같이

저 높은 계단들을 천천히 힘들면

잠시 쉬어도

끝 계단 마저 꿋꿋하게 올라갈 수 있는 날이

올거라는 믿음 하나 갖고

한 계단씩 올라갑니다.

방긋 달린 별

속싹속싹 비가 오는 하루도

자기 자신보다 누군가를 위해

쉴 새조차 없이 열심히 출발과 도착을

반복하면서 보는 꽃들마다

방긋방긋 웃으며 여기 행복이요 라고

배달을 해주는 따뜻한 별이 달리고 있으니

언제나 저 욕심꾸러기 별을 보면

수고했다고 다정히 말해주었네

너에게로

데굴데굴 어딜 급하게 가는 꽃잎

산으로 가니?

바다로 가니?

어디로 가니?

거기로 가지 말고

왠지 나에게 올까봐 계속 멍하게
너만 바라보다

나도 모르게 너의 달콤한 향기를
선듯 기다리지

5부

힐링바람

종일 부는 바람이라도 마냥 좋은걸

봄에는 따뜻한 바람이
새로운 소망을 주고

여름에는 뜨거운 바람이
설레는 휴식을 주며

가을에는 선선한 바람이
빈자리의 허전함을 주지만

겨울에는 차가운 바람으로
열었던 마음을 너의 포근한
말 한마디로 녹을 수 있기에

언제 어디서나 힘차게
바람이 부는 개성있게
불지라도 왠지 미워할 수

없는거지

너란 멋진 낙원

밤공기가 시원하게 부는 한 언덕에

무심코 찾아온 너
마침 포근한 곰처럼

허전했던 내 마음의 문을
똑똑 두드리며

살며시 다가온 너에게
가장 아득하게 인사로

내 옆 빈자리를 채워 주니,
왠지 조용했던 이 조그만 설렘이 다시
밤하늘에 빛나는 별처럼

매일 쿵쿵 뛰는 심장도
변함없이 뛰기를 원하네

엄마의 시장 가방

'아야 엄마 시장에 갔다온다' 라는 우아한 목소리가
들리는 오전

주섬주섬 차려입고 시장에 간 엄마는
점심때에 맞춰 집에 와서

한가득 찬 바구니를 보니 온통 가족들이 좋아하는 것
만
사오는 건 고맙지만 때론 우리를 위해서가 아닌

그대가 먹고 입고 싶은 걸로 장보는 것도 원하는데

오늘도 시장바구니에는 어김없이

엄마의 따뜻한 사랑이
넘치는 저녁 식탁으로
차리게 되겠구나.

황홀한 햇살

텅 빈 방안에 홀로 새근새근

잠을 자다가 쿵쿵 창문을 두드리는 소리가 들려

궁금함에 앙상한 다리로 서서

맑게 웃는 햇살과
인사를 하며

여지없이 보고 싶은 그댈
기다리게 되었죠

한끼 좀 줍쇼

시원한 나무 그늘에만 있기에

시간도 안 가고 배도 고프니

귀여운 저를 볼 때마다
그냥 지나치지 말고

그대의 그 포근한 사랑 한 스푼씩이라도

이 빈 그릇에다
가득 채워 주면 안되나요?

마음의 눈물

햇님이 웃는 점심시간 순간적으로 인사도 못한 채

불어 오던 모래바람과 함께

순수한 너를 떠나 보내야 할 이 시간이

하염없게 흘러가서 닦을 수 없는 눈물이 되었지

그동안 고마웠어 이제 좋은 곳에서 쉬렴

인위적인 조탁에서 벗어나
자연 속에서 특별하게 끌어낸 明時

박재홍 | 시인 · 《문학마당》 발행인 겸 주간

최미림 시인의 시집 『눈꽃 먹는 고양이』는 곁을 쉽게 내어주지 않은 고양의 도도함과 마음 그 자체가 物我一體(물아일체)의 서정성이 잘 드러난다. 시의 얼개를 풀어 나가기 전에 최미림 시인의 생태적 환경을 살펴볼 필요성이 있다.

첫째, 최미림 시인은 언어가 통하지 않는다. 대신 핸드폰을 통해 集子(집자)한 일반적인 명사와 동사, 형용사를 가지고 의사소통이 가능하다.

둘째, 전동휠체어를 타는데 어렵지만 이동하는데 활동 보조 없이 움직이는 때도 있다.

셋째, 시설에 거주하다 탈 시설하였고, 자립생활센터

의 프로그램에 참여해 활동하고 있다.

넷째, 전동휠체어 생활을 하다 보면 180도 시선확보 외에는 뒤를 돌아보기 어렵다. 그래서 최미림 시인이 쓰는 언어는 감정이입이 되어 동물로 표현되거나 우화 또는 동시에 가깝게 느껴진다.

다섯째, 휠체어에서 내려오면 그대로 누워 있거나 기어서 생활할 수밖에 없다.

이와 같은 상황에서 최미림 시인의 시집 『눈꽃 먹는 고양이』를 보면 애잔한 마음과 부드럽고 따뜻한 일상의 체온이 느껴지고 부모님을 사랑하는 몇 편의 詩에서 드러난 모성에 관련한 내용을 보면 가슴이 답답해 오는 경우도 있었다.

아무도 없는 시설 속 어느 오후에 음악을 듣다가
무심코 시선을 준 창가에

바람소리보다 먼저 눈길 위에
내려앉은 소담스런 눈이
꽃멍울을 틔워 향이 오는데
아득했었지 참은 눈물을 삼키는
것 같았지
─「첫눈」 전문

탈 시설을 하기 전에 시설에서 보는 하루의 일상 중 오후 고즈넉한 진눈깨비를 만나고 나무에 앉은 눈이 꽃이 되기까지 또는 향이 되어 참은 눈물을 삼키는 그 과정이 하루의 찰나의 사무침이라는 것을 정적 속에서 읽혀지는 회화성을 드러낸다.

언제부턴가 맑은 세상이 먹물처럼
어둡게 우는 모습을 보고

고양이처럼 다가온 아이가 살금살금
다가와 무거운 주전자를 들고
새빨간 사랑의 향기를
살며시 뿌리면서
귀여운 미소로 인사하네요.

다시
일어날 수 있게 해 달라고
—「피터팬 신드롬」 전문

자신의 모습과 고양이의 모습이 환치되며 묘한 분위기를 연출하며 스스로 불가능함을 인지한 장애를 딛고 일어나게 해달라는 '팅커벨'을 기다리는 감성,

비가 오듯
고드름이 되어 버린 땀으로

하루도
빠짐없이

어떠한 음식을
해줄까?

즐거운 마음으로
고민하여 만든 음식을
내어놓고 싶어도

몸이 굳어 버린 나는
잠자는 숲속의 공주처럼
매일 해피마미를
꿈꾸네
—「해피마미」 전문

　모성의 본능이 가리키는 '어떤 음식을 해줄까?'라고
물으며 몸이 굳어 버린 나는 잠자는 숲속의 공주라고 언
젠가는 '해피마미'가 되고 싶다는 그녀의 꿈은 절단환자
들이 갖는 환각과도 같은 통증일 것이다.

혼자 휠체어를 충전해 길을 나서 보아도
문득 쓸쓸함만 눈가에는
오로지 눈물샘이
차올라 흘러서

앞이 점점 흐려지네
그저 말 한마디 때문에
그랬는데

왜 그리 무심하게 저를 버렸나요?
―「그저」 전문

   장애를 가졌고 서로 인지한 상황에서 사귀던 사람과
이별을 하고 그 마음을 둘 곳이 없어 배회하다 마지막 질
문은 '왜 그리 무심하게 저를 버렸나요?'라는 말은 '회
소곡'보다 절박하다.

   꽃잎마다 수줍게 입맞춤을 하는 빗방울이
   고양이 눈처럼 애기사과 꼭지에 매달린
   보석이 되었습니다

   아마도 빗방울의 사랑 표현법은
   쑥스러워서 말로 못하는 마음을

애기사과에게 매달리고 있나 봅니다

—「두근두근 첫사랑」 전문

오르페우스의 어머니는 서정시를 관장하는 칼리오케, 오르페우스가 사랑하는 여인이 '에우리뒤케' 숲의 요정이 있었다. 숲속에서 양봉의 신 아리스타이오스와 마주해 쫓기다 뱀에 물려 목숨을 잃는다. 오르페우스는 아내를 찾아 명계를 떠돌게 되고 그의 수금을 타는 그의 재주와 아내를 사랑하는 마음이 아내를 구하게 되나 명계의 주인인 하데스와의 약속을 지키지 못하고 뒤를 돌아보고 형벌을 받는다.

신의 섭리를 거슬릴 수 없다는 이야기를 전하며 후에 오르페우스 수금은 거문고 별자리가 되어 하늘에 오르게 되는 사랑 이야기처럼 자연을 통해 배우지 못한 섭리의 이성에 대한 사랑을 배우고 있는 최미림 시인의 '두근두근 첫사랑'은 살갑게 다가온다.

최미림 시인의 시집 『눈꽃 먹는 고양이』를 보면 아찔함과 황홀함이 공존하고 있다. 사랑은 전부를 내어놓는 시작의 자세가 중요하다.

맛있는 풀 향기가 나는 넓은 공원

큰 나무가 하늘만 바라본다.

언제부터 나무에게 아무도 오지 않아서

나무의 잎이 말라서 시들고 있었다.

왜 나에게는 아무도 오지 않을까?

고민 중에 나무는 답을 얻었다.

사람이 와도 편하게 쉴 수 없게

웃어 주지 않아 나에게 오지 않는구나

그 후 나무는 사람이 오기 전에

먼저 웃으니까 시들었던 잎도 예쁜 꽃이 되었다.

활짝 핀 꽃을 보러 온 사람들에게 나무도

자연스럽게 미소로 인사를 건네 본다
— 「나무의 마음」 전문

스스로 강직된 신체적 결함이 본능적으로 관계가 수동적으로 변한다. 스스로 감정이 이입된 나무 속에는 자신의 생태적 환경이 그대로 드러나며 스스로의 내면의 표현이 다가서는 것을 느낄 수 있다.

문학에 있어 관찰과 이해를 토대로 한 情志(정지)를 조리있게 가려내고 문체를 베풀어서 그것을 가장 적절하게 표현되도록 하는 형식이나 기교 등을 조절 운용한 제리론의 한 요체를 배운 적도 없고 읽은 적도 없는데 그는 이미 접근해 있는 놀라운 감수성을 가지고 있다.

대저 문심은 그 작용이 글을 쓸 때부터 작동되었고, 마음이 아름다운 것이 서툴지만 형식미에 집착해서 실패하는 것보다 참신하고 새로운 그리고 절로 웃음이 떠오르는 안타까운 현실에 대한 연민을 읽는 이들은 느낄 수 있을 것이다.

언제 들어도 기분 좋게 하는 소리가 있지
비싼 돈을 주어도 살 수 없는 힘들 때나
외로울 때 들으면 위로가 되어 더듬는 소리

멀리 있어도 하루 종일 생각나는 시간이 지나도
변치 않고 내 이름을 부르는 소리

—「No 1」전문

　누군가의 사랑 또는 관계에서 오는 확신을 가진다는
것은 용기있는 사람이다. 물질이나 장애로 인한 불편과
왜곡된 현실을 벗어나 멀리 있어도 서로 同聲相應(동성상
응)하는 관계성에 대한 신뢰는 최미림 시인의 삶에 있어
혹은 작품을 하는데 있어 가장 강한 장점이라고 보여진
다.

　창가에서 들리는 저 슬픈 빗소리

　누가 하늘을 아프게 하는지
　궁금하여도
　물어볼 수 없다는 게

　사실 더욱 더 마음을 찢어지게 하는데

　너무나도 보고 싶은 추억이
　떠올리지 않았다는 게

　하늘가에 눈물만 고이게 하여서
　달무리를 만드네
　—「떠올리지 않네」전문

활동보조도 자리를 뜬 불꺼진 방에서 최미림 시인은 정지된 세상에 들리는 것은 가늠 뿐이다. 특히 주변에 관련된 모든 정지된 사물과 소리는 최미림 시인은 능동적으로 움직여 호기심을 해소할 길이 없을 때 보이는 고정된 시선에 붙잡힌 창을 통한 교류밖에 없다.

　비가 오는 창가를 바라보며 나 홀로 차를 마시네

　천천히 향과 맛은 동공을 열며
　다가오는 사람 있다

　마주해 차를 마시고 있을까?

　시원하게 내리는 비에 채색된
　풍경을 보며

　고양이처럼 카푸치노향이
　묻어나는 당신을 향해 웃는다
　　　　—「그대와 TEA 타임」 전문

　해가 활짝 뜨는 날은
　당신의 포근함이

느껴지는 옷을 입고
하루를 보내요.

당신의 따뜻한
손길이

자꾸만 생각나게
하는 빨래를 보면

당신의 향기가
더욱 그리워지네요.
—「빨래집게」 전문

　위 시 두 편은 그의 여성성이 잘 드러나고 이성과 접했을 때 내어놓은 관계성에 대한 호기심이 잘 드러내고 있는 시다. 특히 아래 시는 그녀가 시설에 거주하면서도 가족애에 관련한 깊은 이해와 그리움이 있다는 것이다. 대개 부정적이기 보다는 긍정성이 최미림 시인의 근간이라는 것을 확인시켜 주고 있다.

　뜨겁게 점등되는 순간 촛불 보며

　무슨 소원을 빌까

생각하여도

가장 먼저 떠올리는 건
부모님의 포근한
얼굴이다
—「케이크 앞에서」 전문

잘생긴 고양이가 되어
바람 따라 몸을 얹고

보호색을 한 옷을
곱게 차려입고

천천히 꽃향기로
그대 코에다

살며시 프렌치 키스를 하죠
—「그대 코에다」 전문

다가올 듯 다가올 듯하며 밀당을 하면서 서로 쉽사리
곁을 주지 않은 이성 간의 밀당같기도 하고 기르는 고양
이와의 교감을 통해 깊은 사랑이 배인 것 같은 고양이의
매력을 잘 형상화시킨 수작이라고 보여진다.

이렇듯 최미림 시인의 시집 『눈꽃 먹는 고양이』는 유협의 '문학본원론'에서 말하는 천·지·인 삼재를 통한 만물을 형성하고 또한 아름다운 시를 만들어 낸다고 한 것에 부합해 더 나아가서는 스스로의 긍정적인 삶이 가장 뜨거운 것은 '사랑'을 포기하지 않는 의지와 세상을 향해 열린 마음이 곳곳에 펼쳐진다는 것이다.

그동안 여러 작품집에 동인으로 참여했으나 개인시집으로는 첫시집인 최미림 시인의 행보에 천지의 마음이 생겨나서 언어가 서게 되고, 언어가 서게 되면 문장의 참모습이 드러나는 자연의 이치가 더불어 함께하길 바란다.

2019 장애인 창작집 발간지원 사업 선정 작품집

눈꽃 먹는 고양이

1쇄 발행일 | 2019년 12월 31일

지은이 | 최미림
펴낸이 | 정화숙
펴낸곳 | 개미

출판등록 | 제313 - 2001 - 61호 1992. 2. 18
주소 | (04175) 서울시 마포구 마포대로 12, B-108호(마포동, 한신빌딩)
전화 | (02)704 - 2546
팩스 | (02)714 - 2365
E-mail | lily12140@hanmail.net

ⓒ 최미림, 2019
ISBN 979 - 11 - 90168 - 04 - 5 03810

값 10,000원

주최 | 대한민국 장애인 창작집필실
주관 | 장애인인식개선오늘(고유번호 305-80-25363. 대표 박재홍)
심사 | 발간지원 사업 심사위원회
후원 | 대전광역시, 대전문화재단, 갤러리예향좋은친구들, 문학마당, 한국장애인
　　　문화네트워크, 드림장애인인권센터, 대전광역시버스사업운송조합, (주)맥
　　　키스컴퍼니

문의 | **(042)826-6042**